Vente du Lundi 7 Avril 1862

TABLEAUX

ET

DESSINS MODERNES

Appartenant à M. E. BLANC

EXPOSITIONS { PARTICULIÈRE, le Samedi 5 Avril 1862
PUBLIQUE, le Dimanche 6 Avril 1862

DE UNE HEURE A CINQ HEURES

Mᵉ Ch. PILLET, Commissaire-Priseur

M. Francis PETIT, Expert

PARIS, IMPRIMERIE DE PILLET FILS AINÉ,
Rue des Grands-Augustins, 5.

CATALOGUE

DE

TABLEAUX

ET

DESSINS MODERNES

Appartenant à M. E. BLANC

DONT LA VENTE URA LIEU

Par suite d'un Jugement du Tribunal de Commerce de la Seine, rendu le 18 décembre dernier,
entre MM. E. BLANC et Arthur STEVENS

HOTEL DROUOT, SALLE N° 5

Le Lundi 7 Avril 1862

A TROIS HEURES PRÉCISES

Par le ministère de M° **CHARLES PILLET**, Commissaire-Priseur,
rue de Choiseul, 11,

Assisté de M. **FRANCIS PETIT**, Expert, rue de Provence, 49.

Chez lesquels se distribue le présent Catalogue.

EXPOSITIONS { PARTICULIÈRE, le Samedi 5 Avril 1862,
PUBLIQUE, le Dimanche 6 Avril 1862,

De une heure à cinq heures.

CONDITIONS DE LA VENTE

Elle sera faite au comptant.

Les adjudicataires payeront *cinq pour cent* en sus des enchères, applicables aux frais.

Le Catalogue se distribue :

A Paris : chez M⁰ **Charles PILLET**, Commissaire-Priseur, rue de Choiseul, 11 ;

— M. **Francis PETIT**, rue de Provence, 43 ;

A Bruxelles : M. **Etienne LEROY**, place du Grand-Sablon, 12 ;

— M. **HOLLENDER**, rue des Croisades, 3 ;

A La Haye : **VAN GOGH**, 55, Spuistraat ;

A Amsterdam : M. **DE WRIÈS**, Princegracht ;

A Berlin : M. **LEPKÉ**, unter den Linden.

Paris. Imprimerie de Pillet fils aîné, 5, rue des Grands-Augustins.

Cette Collection, aujourd'hui la propriété exclusive de M. E.
Blanc, dont les amateurs et les artistes connaissent la belle
galerie de tableaux anciens, avait été formée avec beaucoup
de goût par MM. E. Blanc et Arthur Stevens. Elle mérite une
attention sérieuse, car les œuvres qu'elle renferme se recommandent surtout par leurs qualités artistiques; plusieurs
cependant ont une véritable importance : *les Baigneuses*, par
Ingres, précieux tableau de chevalet; *le Chêne de Roche*, par
Théodore Rousseau, une des toiles les plus capitales de ce
maître; deux tableaux de *Millet : la Tondeuse* et *le Berger
ramenant son troupeau*, que tous les artistes ont admirés
presque sans réserve; *la Famille protestante*, par *Willems*,
composition de cinq figures.

Nous citerons encore : *la Consultation*, une des dernières
œuvres de *Decamps; Un paysage de Jules Dupré*, remontant

CONDITIONS DE LA VENTE

Elle sera faite au comptant.

Les adjudicataires payeront *cinq pour cent* en sus des enchères, applicables aux frais.

Le Catalogue se distribue :

A Paris : chez	M° **Charles PILLET**, Commissaire-Priseur, rue de Choiseul, 11 ;
—	M. **Francis PETIT**, rue de Provence, 43 ;
A Bruxelles :	M. **Etienne LEROY**, place du Grand-Sablon, 12 ;
—	M. **HOLLENDER**, rue des Croisades, 3 ;
A La Haye :	**VAN GOGH**, 55, Spuistraat ;
A Amsterdam :	M. **DE WRIÉS**, Princegracht ;
A Berlin :	M. **LEPKÉ**, unter den Linden.

Paris. Imprimerie de Pillet fils aîné, 5, rue des Grands-Augustins.

Cette Collection, aujourd'hui la propriété exclusive de M. E. Blanc, dont les amateurs et les artistes connaissent la belle galerie de tableaux anciens, avait été formée avec beaucoup de goût par MM. E. Blanc et Arthur Stevens. Elle mérite une attention sérieuse, car les œuvres qu'elle renferme se recommandent surtout par leurs qualités artistiques; plusieurs cependant ont une véritable importance : *les Baigneuses*, par *Ingres*, précieux tableau de chevalet; *le Chêne de Roche*, par *Théodore Rousseau*, une des toiles les plus capitales de ce maître; deux tableaux de *Millet : la Tondeuse* et *le Berger ramenant son troupeau*, que tous les artistes ont admirés presque sans réserve; *la Famille protestante*, par *Willems*, composition de cinq figures.

Nous citerons encore : *la Consultation*, une des dernières œuvres de *Decamps; Un paysage de Jules Dupré*, remontant à 1840 ; *l'Annonciation*, d'*Eugène Delacroix; la Nymphe endor-mie*, de *Diaz;* plusieurs tableaux d'*Alfred* et *Joseph Stevens, Corot, Ziem*, etc.; une admirable esquisse de *Géricault*, une autre de *Prud'hon*, de belles aquarelles de *Barye;* un beau dessin allégorique, par Ingres; le portrait de madame Réca-mier, par Fragonard; une gouache de Boucher, des dessins de Decamps, etc., etc.

FRANCIS PETIT.

DÉSIGNATION

DES

DESSINS

BARYE

10a

1 — Une panthère.

(Aquarelle.)

BARYE

135.

2 — Lionne et Lionceaux.

(Aquarelle.)

BARYE

110 -

3 — Tigre et Serpent.

(Aquarelle.)

BOUCHER

205.

4 — Paysage avèc figures.

(Gouache.)

DECAMPS

63 -

5 — Chasseur au repos.

(Sépia.)

(Vente lord Seymour.)

DECAMPS

57.

6 — Vieux paysan.

(Sépia rehaussée.)

(Vente lord Seymour.)

FRAGONARD FILS

7 — La Rêverie.

(Dessin.)

Dans ce dessin, qui provient de la succession de madame Récamier, la tête est le portrait de cette femme célèbre, et il passe, auprès de ceux qui l'ont connue, pour le plus ressemblant et le plus fidèle de tous ses portraits.

JACQUE

8 — Fumeurs attablés.

(Dessin.)

INGRES

9 — La France récompense les Arts et l'Industrie.

(Dessin.)

ROQUEPLAN

10 — La Mendiante.

(Dessin rehaussé.)

DÉSIGNATION

DES

TABLEAUX

COROT

600, 11 — Paysage. Effet du soir.

Haut. 54 cent.; larg. 75 cent.

COROT

70 12 — Paysage.

Haut. 24 cent.; larg. 36 cent.

COROT

13 — Jeune fille lisant.

Haut. 48 cent.; larg. 37 cent.

COURBET

14 — Paysage. Esquisse.

Haut.   cent.; larg.   cent.

DECAMPS

15 — La Consultation.

Haut. 34 cent.; larg. 28 cent.

DECAMPS

16 — Le Sacrifice d'Abraham. Esquisse

Haut. 20 cent.; larg. 27 cent.

DE DREUX (A.)

17 — Gypsy.

Haut. 48 cent.; larg. 60 cent.

DELACROIX (Eugène)

600.   18 — L'Annonciation.

Haut. 30 cent.; larg. 45 cent.

DIAZ (N.)

210   19 — Sous bois.

Haut. 32 cent. larg. 23 cent.

DIAZ (N.)

850.   20 — Nymphe endormie dans un bois.

Haut. 40 cent.; larg. 28 cent.

DIAZ (N.)

510   21 — La Vallée de la Sole. Soleil couchant.

Haut. 48 cent.; larg. 70 cent.

DIAZ (N.)

22 — Mort de Zurbaran. Esquisse.

Haut. 17 cent.; larg. 18 cent,

DUPRÉ (JULES)

375.

23 — Ferme en Normandie.

Haut. 26 cent.; larg. 44 cent.

FROMENTIN

24 — Environs de Constantine. Effet de soir.

GÉRICAULT

1180

25 — Marie de Médicis.

Haut. 46 cent.; larg. 38 cent.

GÉRICAULT

410.

26 — Coq et Poules. Etude.

Haut. 61 cent.; larg. 51 cent.

GÉRICAULT

52.

27 — Dragons de la garde dans une bataille. Esquisse.

Haut. 14 cent.; larg. 17 cent.

INGRES

9520. 28 — Baigneuses.

Haut. 33 cent.; larg. 25 cent.

JONGKIND

155. 29 — Paysage hollandais.

Haut. 55 cent.; larg. 40 cent.

MARCHAL

155. 30 — Riche et Pauvre.

Haut. 73 cent.; larg. 59 cent.

MILLET (J. F.)

2.100. 31 — La Tondeuse.

Haut. 1 mèt. 60 cent.; larg. 1 mèt. 12 cent.

MILLET (J. F.)

3850. 32 — Berger ramenant son troupeau.

Haut. 58 cent.; larg. 73 cent.

MILLET (J. F.)

780

33 — Jeune fille gardant ses moutons.

Haut. 37 cent.; larg. 28 cent.

MILLET (J. F.)

550.

34 — La Couseuse.

Haut. 30 cent.; larg. 23 cent.

PRUD'HON

330.

35 — Le Songe du bonheur. Esquisse.

Provenant du cabinet Brunet-Denon.

Haut. 24 cent.; larg. 80 cent.

ROQUEPLAN

171.

36 — Jeune pâtre au bord de la mer.

Haut. 21 cent.; larg. 26 cent.

ROUSSEAU (Théodore)

6.830.

37 — Le Chêne de Roche.

Haut. 90 cent.; larg. 1 m. 16 cent.

ROUSSEAU (Théodore)

2,500. 38 — Effet de soir.

Haut. 18 cent.; larg. 28 cent.

STEVENS (Alfred)

315 39 — La Mendicité tolérée.

Haut. 1 m. 50 cent.; larg. 1 m.

STEVENS (Joseph)

115. 40 — La Dinée.

Haut. 36 cent.; larg. 28 cent.

STEVENS (Joseph)

41 — Chien et Vache.

Haut. 36 cent.; larg. 46 cent.

TROYON

400. 42 — Les Scieurs de long.

Haut. 50 cent.; larg. 60 cent.

WILLEMS

9.500.

43 — Une famille protestante au temps de Louis XIII.

Composition de cinq figures.

Haut. 80 cent.; larg. 1 m.

WILLEMS

390.

44 — Jeune homme se chauffant.

Haut. 28 cent.; larg. 21 cent.

ZIEM

610.

45 — Les Bords du Rhône à Tarascon.

Haut. 47 cent.; larg. 68 cent.

ZIEM

138.

46 — Vue de Montmartre.

Haut. 15 cent.; larg. 23 cent.